Ilse Martens DAS
WAHRE Eine kleine
Geschichte
LEBEN
vom Suchen
und Finden

Impressum

Bibliografische Information der Deutschen Nationalbibliothek:
Die Deutsche Nationalbibliothek verzeichnet diese Publikation
in der Deutschen Nationalbibliografie; detaillierte bibliografische
Daten sind im Internet über dnb.dnb.de abrufbar.

© 2020, Ilse Martens

Herstellung und Verlag: BoD – Books on Demand, Norderstedt

Gesamtgestaltung: Christina v. Puttkamer

Coverbild: Christina v. Puttkamer unter Verwendung
              eines Motivs von iStockphoto.com / Terriana

ISBN: 9783751944052

Das wahre Leben

Eines Tages beschloss Herr D., in seinem Leben etwas zu ändern.

Er packte zwei Koffer und fuhr mit seiner Frau zum Flughafen. Dort stiegen sie in ein Flugzeug und landeten einige Stunden später auf der Insel Mallorca.

Die nächsten drei Wochen, so nahmen sie sich vor, wollten sie ihr Leben in vollen Zügen genießen. In der ersten Woche standen sie jeden Morgen früh auf und machten einen langen Spaziergang hinein in die aufgehende Sonne, unter ihren Füßen den feinen Sand, in den Ohren das sanfte Rauschen des Meeres.

Nach dem Frühstück machte Herr D. es sich in seinem Liegestuhl bequem und las ein gutes Buch, während seine Frau unzählige Ansichtskarten an die Familie, die Verwandten, die Freunde und Nachbarn schrieb, wobei sie nie zu erwähnen vergaß, wie einmalig, traumhaft, sensationell dieser Urlaub sei und wie zufrieden, glücklich und beneidenswert sie und ihr Mann doch seien.

Als es Zeit zum Mittagessen wurde, schlenderten sie genussvoll an einem wahrhaft köstlichen Büfett vorbei und wussten gar nicht, wo sie beginnen sollten angesichts der sich biegenden Tafeln.

Gestärkt und erschöpft zogen sie sich daraufhin in ihr Appartement zurück, wo sie den wohlverdienten Mittagsschlaf abhielten, bis es in der abklingenden Hitze Zeit für eine Tasse Kaffee und ein oder zwei Stück aus der beeindruckenden Kuchentheke wurde.

Um auch gesundheitlich auf der Höhe zu bleiben, verbrachten sie die restliche Zeit des Tages am Hotelpool, Handtücher und ein Kaltgetränk inklusive.

Bei Einbruch der Dunkelheit verließen sie den Pool, um es sich in einem der zahlreichen Restaurants bequem zu machen. Dort staunten sie über die nicht enden wollende Speisekarte und entschieden sich schließlich für ein Gericht in spanischer Sprache, um sich, da waren sie sich einig, überraschen zu lassen.

Mit einem Gefühl von Weltgewandtheit verbrachten sie den restlichen Abend in südlicher Wärme, tranken genussvoll das eine oder andere Glas Sangria und waren sich einig:

Das ist das wahre Leben.

In der zweiten Woche stand Herr D. jeden Morgen früh auf und machte einen langen Spaziergang hinein in die aufgehende Sonne, unter seinen Füßen den feinen Sand, in den Ohren das sanfte Rauschen des Meeres.

Seine Frau blieb im Bett, sie hatte herausgefunden, dass der Empfang deutscher Fernsehsender auf Mallorca kein Problem darstellte. Ab und zu las sie auf dem Balkon die Romane, welche sie am Flughafen noch schnell gekauft hatte.

Immer öfter jedoch blickte sie in Richtung Strand, wo jeden Morgen ein heftiger Kampf um die besten Sonnenplätze begann. Schon in den frühen Morgenstunden wurden die meisten Liegestühle mit Badetüchern reserviert. Während viele Urlauber noch schliefen oder sich durch das Frühstücksbuffet schlemmten, waren einige andere schon mit Handtüchern beladen unterwegs zum Hotelpool oder an den Strand.

Sie genoss dieses kuriose Schauspiel jeden Tag ein wenig mehr. Mit ihrem Mann konnte sie darüber nicht reden, da Herr D. nach seinem ausgiebigen Spaziergang unverzüglich ans Frühstücksbüfett eilen musste. Danach machte er es sich in seinem Liegestuhl bequem und las ein gutes Buch.

Seine Frau ging unter dem Vorwand, neue Postkarten kaufen zu müssen, in Richtung Strand, nur um zu sehen, ob sie – rein hypothetisch – einen Liegestuhl hätte ergattern können.

Ernüchtert und auch ein wenig beschämt kehrte sie kurze Zeit später ins Hotel zurück, schimpfte sich selber albern und überdreht und schrieb dann pflichtbewusst einige Postkarten an die Arbeitskollegen ihres Mannes, wobei sie nicht zu erwähnen vergaß, wie warm, sonnig und erholsam dieser Urlaub sei und wie entspannt sie und ihr Mann bereits seien.

Als es Zeit zum Mittagessen wurde, schlenderte Herr D. genussvoll an dem Büfett vorbei und wusste immer noch gar nicht, wo er beginnen sollte angesichts der umfangreichen Vor-, Haupt- und Nachspeisen inkl. Wein und alkoholfreier Getränke.

Seine Frau hatte in der zweiten Woche festgestellt, dass der Lachs immer ein wenig zu kalt, die Salate überwiegend aus dem Glas und die Nachspeise dieselbe wie vom Vortag war. Der Tortilla fehlte das Salz, dafür hatten die Spinattaschen etwas zu viel davon. Die Crema Catalana schmeckte immer etwas verbrannt und die Paella war für ihren Geschmack einfach viel zu trocken. Nach einigen Tagen aß sie der Bequemlichkeit halber immer das Gleiche: etwas Gemüse, etwas Fleisch, keinen Fisch, Eis zum Nachtisch.

Nach dem Essen zogen sie sich in ihr Zimmer zurück, wo Herr D. den wohlverdienten Mittagsschlaf abhielt, bis es in der abklingenden Hitze Zeit für eine Tasse Kaffee und ein oder zwei Stücke aus der beeindruckenden Kuchentheke wurde.

Seine Frau setzte sich auf den Balkon und sah zu den Liegestühlen hinüber. An den meisten Nachmittagen waren alle belegt. Ein buntes Gemisch aus Badehosen, Bikinis, Sonnenschirmen und kreischenden Kindern. Ihr gefiel das.

Das wahre Leben, dachte sie dann. Das wahre Leben. Sie verzichtete auf den Kuchen, legte sich auch nicht wie ihr Mann an den Pool, sondern ging zum Strand, um, wie sie sagte, fit zu bleiben.

Dabei beobachtete sie, wann welche Liegestühle zuerst frei wurden, welche Leute alleine oder paarweise kamen und gingen und blieb oft so lange im Schatten der kleinen Cocktailbar sitzen, bis der freundliche Besitzer ihr einen Cafe Cortado anbot, den sie lächelnd ablehnte.

Gegen Abend kehrte sie angenehm erschöpft von den vielen Eindrücken in ihr Hotel zurück. Ihr Mann hatte zwischenzeitlich seinen Aufenthalt am Hotelpool beendet und wartete, ebenso angenehm erschöpft von der Sonne und dem einen oder anderen Drink an der Poolbar auf seine Frau. Als er sie zur Begrüßung umarmte hörte sie, wie er mit einem wohligen Seufzer murmelte:

»Das ist es, das wahre Leben.«

Und für einen winzigen Moment glaubte sie ihm – nicht.

Am ersten Tag der dritten Woche stellte Herr D. fest, dass seine Frau vor ihm aufgestanden war.

So machte er allein einen langen Spaziergang hinein in die aufgehende Sonne, unter seinen Füßen den feinen Sand, in den Ohren das sanfte Rauschen des Meeres. Anschließend saß er am Frühstücksbüfett, wartete vergeblich auf seine Frau, aß wenig, dachte nach und fand keine Antworten.

Leicht verärgert machte er es sich anschließend mit einem guten Buch in seinem Liegestuhl bequem, las wenig, dachte nach und fand keine Antworten.

Seine Frau kam gegen Mittag, gelöst, entspannt, küsste ihn auf die Wange, lächelte und sagte: »Das ist es, das wahre Leben.«

Er wagte nicht zu fragen wo sie war, aber für einen winzigen Moment glaubte er ihr – nicht.

Den Nachmittag verbrachten sie gemeinsam am Hotelpool, Handtücher und ein Kaltgetränk inklusive. Sie redeten wie gewohnt über das Wetter und die angenehme Wärme, die Kinder zu Hause aber
sie redeten nicht über sich.

Bei Einbruch der Dunkelheit verließen sie den Pool, um es sich in einem der zahlreichen Restaurants bequem zu machen.

Herr D. verspürte keinen großen Appetit. Seine Frau hingegen entschied sich an diesem Abend nicht nur für etwas Gemüse, etwas Fleisch, keinen Fisch, Eis zum Nachtisch, sondern griff zusätzlich zu Paella, Tapas und Churros. Als sie den erstaunten Blick ihres Mannes bemerkte, lächelte sie und es verwirrte Herrn D. sehr, dass sie dabei auch noch summte.

Als der Kellner später an ihren Tisch kam, bestellte sie nicht, wie üblich, zwei Gläser Sangria, sondern gleich eine ganze Kanne. Dabei wirkte sie so vergnügt wie schon lange nicht mehr. Herr D., dem das Ganze langsam unheimlich wurde, suchte nach den richtigen Worten und sagte schließlich:

»Seit wann magst du Churros?«
»Oh« sagte sie »Möchtest du auch was?«
»Nein« sagte er.
Und dann schwieg er
dachte nach
und fand keine Antworten.

Seine Frau schwieg auch.
Aber sie dachte nicht nach.
Sie war glücklich.

Am ersten Morgen der dritten Woche war sie vor ihrem Mann aufgestanden. Sie war auf den Balkon getreten und hatte in Richtung Strand geschaut. Er war menschenleer gewesen. Ein Blick auf die Uhr hatte ihr gezeigt, dass es noch sehr früh war.

Sie hatte nicht lange überlegen müssen.

Schnell hatte sie ihre Strandtasche mit Handtuch, Badeanzug und Buch gepackt, im Rausgehen noch zu einer Flasche Sonnenmilch und ihrem Strohhut gegriffen, dabei einen Satz wie ein Mantra vor sich hin geflüstert:
»Das ist meine Chance.«

Niemand war ihr auf dem Weg zu den Liegestühlen begegnet. Jeder Schritt, der sie näher an ihr Ziel brachte, hatte sie mit Stolz und Freude erfüllt. Sie würde es schaffen.

Ein Gefühl von Freiheit und Unabhängigkeit war in ihr mit jedem Meter, den sie zurücklegte, gewachsen, die Vorfreude auf ihr Ziel war so groß geworden, dass sie fast weinen musste.

Als sie am Strand angekommen war, stieg die Sonne als roter Feuerball aus dem Meer, ein Anblick, der sie total überwältigt hatte. Sie war in den erstbesten Liegestuhl gesunken, direkt am Wasser, und hatte die Augen nicht abwenden können vom Zauber des Sonnenaufgangs.

Irgendwann hatte sie bemerkt, dass sie nicht mehr alleine war. Immer mehr Menschen waren an den Strand gekommen. Ein buntes Gemisch aus Badehosen, Bikinis, Sonnenschirmen und kreischenden Kindern. Ihr hatte das gefallen. Das wahre Leben, hatte sie irgendwann gedacht. Das wahre Leben.

Und sie hatte dabei gelächelt.

Nach einiger Zeit war sie hungrig geworden und da es in der Strandbar außer Pommes und Bratwurst nur Churros gab, hatte sie sich welche gekauft. Sie schmeckten vorzüglich.

Danach hatte sie sich ins Wasser getraut, war begeistert von der angenehme Kühle des Mittelmeeres, war geschwommen, hatte die Wellen genossen und mit keinem Gedanken an ihren Hotelpool gedacht.

Bis der freundliche Besitzer der kleinen Bar ihr einen Café Cortado angeboten hatte, den sie lächelnd angenommen hatte.

Und in dem Moment war ihr klar geworden, dass sie dringend mit ihrem Mann sprechen musste. Hastig hatte sie ihre Strandtasche zusammengepackt, hatte dem Barbesitzer dankbar und auch ein wenig entschuldigend zugenickt und war eiligen Schrittes in Richtung ihres Hotels gelaufen.

Kaum dort angekommen war sie ihrem Mann um den Hals gefallen, hatte gelächelt und gesagt: »Das ist es, das wahre Leben.«

Und sie hatte ihm alles erzählen wollen, was für einen unglaublichen Vormittag sie erlebt hatte , vom Meer, der Sonne, den Menschen und dem Stolz, der sie erfüllt hatte, als der schönste Liegestuhl am Strand für ein paar Stunden ihr gehört hatte.

Aber ihr Mann hatte geschwiegen. Hatte sie mit einem Ausdruck von Verständnislosigkeit und Abwehr angesehen und nichts gesagt.

Dieser Moment hatte ausgereicht, um auch sie verstummen zu lassen.

Den Nachmittag hatten sie gemeinsam am Hotelpool verbracht, Handtücher und ein Kaltgetränk inklusive. Sie hatten wie gewohnt über das Wetter und die angenehme Wärme, die Kinder zu Hause und das gute Essen geredet, nur nicht über sich.

Bei Einbruch der Dunkelheit hatten sie den Pool verlassen, um es sich in einem der zahlreichen Restaurants bequem zu machen.

Am abendlichen Büfett hatte sie gemerkt, wie viel Appetit sie hatte. Neben Gemüse und Fleisch hatte sie zusätzlich Paella, Tapas und Churros gegessen, außerdem war ihr ein Glas Sangria an diesem Abend als zu wenig erschienen.

Und während sie gegessen hatte, waren vor ihrem inneren Auge immer wieder die gleichen Bilder entstanden: das Meer, die Sonne, die Menschen und der Stolz, der sie erfüllt hatte, als der schönste Liegestuhl am Strand für ein paar Stunden ihr gehört hatte.

An diesem Abend war sie glücklich gewesen.

Herr D. schlief nicht in dieser Nacht. Immer wieder ging ihm durch den Kopf was seine Frau vor dem Mittagessen gesagt hatte: »Das ist es, das wahre Leben!«

Was war passiert?
Wo war sie gewesen?
Und warum hatte sie ihn ausgeschlossen?

Er dachte darüber nach, was der Grund für ihre Reise gewesen war: ER hatte beschlossen in SEINEM Leben etwas zu ändern.

Hatte er etwas geändert? Hatten Pool, Strand und gutes Essen irgendetwas geändert?

Jetzt, in der letzten Urlaubswoche ließ er den Gedanken zu, dass er sich zwar erholt, aber nichts geändert hatte.

Er sah immer wieder zu seiner Frau hinüber, die im Schlaf leicht lächelte.

»Für dich hat sich wohl etwas geändert«, dachte er. Nur was?

Er sah auf die Uhr. Er wusste nicht, ob er sich wünschen sollte, dass die Nacht vorbei gehen würde. Denn was würde der neue Tag bringen? Pool, Strand und gutes Essen. Würde das reichen? Würde IHM das reichen?

»Ja«, dachte er.

»Mir reicht das. Ich brauche keine ›Abenteuer‹, wie auch immer. Ich bin zufrieden mit dem, was wir haben.« Aber irgendetwas in ihm zweifelte …

Als es dämmerte, stand er auf, ging auf den Balkon und sah zum menschenleeren Strand hinunter. Das Meer war ruhig, er hörte das leise Plätschern der Wellen und mit einem Mal wusste er, dass ihm das Hier und Jetzt doch nicht reichte. Es war wie ein Impuls und er gab ihm augenblicklich nach.

Leise zog er sich an, schlich zur Tür, öffnete sie und mit den geflüsterten Worten: »Ich muss hier mal raus« schloss er sie geräuschlos hinter sich.

Ein warmer Wind empfing ihn, als er schnellen Schrittes zum Strand lief. Das Rollen der Wellen wurde lauter, je näher er dem Ufer kam. Die Sonne war noch nicht aufgegangen, aber ein leichtes Rot am Horizont kündete ihr baldiges Kommen an.

Er sah den Liegestuhl schon von weitem. Er stand ganz nahe am Wasser und Herr D. überlegte nicht lange.

Als Frau D. am nächsten Morgen erwachte, stellte sie fest, dass ihr Mann vor ihr aufgestanden war. So machte sie allein einen langen Spaziergang, unter ihren Füßen den feinen Sand, in den Ohren das sanfte Rauschen des Meeres.

Anschließend saß sie am Frühstücksbüfett, wartete vergeblich auf ihren Mann, aß wenig, dachte nach und fand keine Antworten.

Leicht verärgert machte sie es sich anschließend in seinem Liegestuhl bequem, schrieb die letzten Postkarten an ihre alten Arbeitskollegen, erwähnte kurz das schöne Wetter, die Sonne und das gute Essen und dachte nach. Dachte nach und fand keine Antworten.

Als sie es nicht mehr aushielt, verließ sie das Hotel und machte sich auf den Weg zum Strand. Nur um den Kopf frei zu kriegen, wie sie sich selber sagte.

Sie wollte zu ihrem Liegestuhl, wenigstens einen Blick drauf werfen. Ernüchtert stellte sie nach wenigen Sekunden fest, dass er belegt war.

Natürlich. Es war später Vormittag, die Sonne brannte, das Meer glitzerte, alles war voller Leute.

Bei der kleinen Bar blieb sie stehen. Schirmte ihre Augen mit der Hand gegen das grelle Licht ab. Stand einfach und betrachtete traurig, fast ein wenig melancholisch das bunte Treiben um sie herum.

»Un café?«
Der nette Barbesitzer stand neben ihr. Sie schüttelte den Kopf.
»No, gracias«, sagte sie und wandte sich zum Gehen.

Und sie dachte daran, was sie empfunden hatte beim ersten Schritt in Richtung Strand. Ihre Augen brannten, sie wollte nicht weinen.

Nach wenigen Schritten warf sie einen letzten Blick zurück.

Und dann sah sie es. Ihr Liegestuhl war frei. Eine einzelne Person war aufgestanden, ging dann in Richtung Strandbar, wechselte mit dem Besitzer ein paar Worte, lachte, winkte, drehte sich um und kam auf sie zu.

Sie konnte nicht glauben, was sie sah.
Die Person, die da auf sie zukam,
die Person, die in »ihrem« Stuhl gelegen hatte,
die Person, die dem Barbesitzer zugelächelt und gewinkt hatte,
war ihr Mann.
Ihr Mann, der jetzt vor ihr stehen blieb. Er lächelte noch immer.

Sie sah ihn an
und merkte
wie etwas in ihr zerbrach.
Wie eine Woge aus Zorn, Enttäuschung, Wut und Trauer sie überflutete.
Die Kälte, die in ihr aufstieg, ließ sie frösteln.
Sie sah es
und er sah es auch.

Als Herr D. den Liegestuhl erreicht hatte, war er sich nicht sicher gewesen, ob der Anblick des leicht gekräuselten Meeres ihm wirklich gefallen würde. Er hatte sich hingelegt, die Augen kurz geschlossen, den warmen Wind wahrgenommen, der über sein Gesicht strich, und tief durchgeatmet.

Dann hatte er die Augen wieder geöffnet. Die Morgendämmerung hatte den Horizont in ein zartes Orange getaucht.

Er hatte die Stille wahrgenommen und das entfernte Geschrei der Möwen, der Geruch von Salz und Tang und das ruhig daliegende Wasser hatten ihn mit tiefer Ruhe erfüllt.

So war er eingeschlafen.

Als er vom Lärm schreiender Kinder geweckt worden war, stand die Sonne bereits hoch am Himmel. Er hatte sich umgesehen und festgestellt, dass alle Liegestühle um ihn herum bereits besetzt gewesen waren.

Leicht verwirrt hatte er auf die Uhr gesehen. Wie hatte er so lange schlafen können? Er war aufgestanden und war zu der kleinen Bar gegangen, um sich einen Cappuccino zu holen.

Dabei war er mit dem freundlichen Barbesitzer ins Gespräch gekommen, hatte sich an die Theke gesetzt.

Nach einer geraumen Zeit war er ein paar Runden geschwommen und hatte sich dann noch einmal hingelegt, wohlig entspannt und seltsam entrückt von allem, was er bisher so gekannt hatte.

»Das ist es«, hatte er gedacht. »Das wahre Leben«.

Bei dem Gedanken war ihm plötzlich bewusst geworden, dass seine Frau ihn mit Sicherheit vermissen würde, und er war aufgestanden, hatte dem Barbesitzer noch kurz zugewunken und sich dann auf den Rückweg gemacht.

Lächelnd.

Und es war dieses Lächeln, welches ihr den Atem nahm. Welches sie hart und unversöhnlich machte. Die Erkenntnis, dass ihr Mann genau das gefunden hatte, was sie für sich als ihr Eigentum in Anspruch genommen hatte.

Der Gedanke, dass es nun eine wunderbare Möglichkeit gab, das Erlebte zu teilen …
Sie wollte nicht teilen.
Nicht mit ihm. Mit niemandem.

Sie sah zum Strand.
Dann drehte sie sich um und ging zurück.
Es war alles gesagt.
Sie hörte, dass ihr Mann ihr folgte.
Wortlos.

Der Tag war vorbei.

Das Hotel empfing sie wie Fremde. Der Speisesaal war gefüllt mit Menschen, die sie nicht kannten, sie konnten nichts essen, sprachen nicht miteinander, sahen sich nicht an, fanden keine Worte.

»Lass uns abreisen«, sagte sie und er nickte.
»Morgen«, sagte sie und er nickte wieder.

Schweigend verbrachten sie den Abend, packten ihre Koffer, sie stornierte die letzten beiden Nächte im Hotel, er ging an die Rezeption, rief am Flughafen an, atmete erleichtert auf, als sich herausstellte, dass es im Flieger noch freie Plätze gab, dann setzte er sich an den Pool und sah hinaus in die hereinbrechende Dämmerung.

Als der Kellner ihm den zweiten Whisky brachte, war er endlich in der Lage, das zu formulieren, was seit Stunden unausgesprochen in seinem Kopf kreiste.

»Das«, sagte er und lachte laut. »Das ist es, das wahre Leben!«

Und er lachte und trank, lachte noch lauter, trank und verstummte dann, weil ihm irgendwann der Gedanke kam, dass seine Frau alleine im Zimmer vielleicht auf ihn wartete.

Er stand auf, versuchte sich zu wappnen gegen Streit und böse Blicke. Aber er stellte fest, dass er sich diesbezüglich keine Sorgen hätte machen brauchen.

Als er die Tür öffnete, wusste er es, bevor er es sah. Das Zimmer war leer.

Sie hatte lange zu der Tür geblickt, die ihr Mann gerade hinter sich geschlossen hatte. Ihr war gewesen, als hätte sich die Zimmerdecke bleischwer auf ihre Augen gelegt. Sie hatte sich leer gefühlt, leer und einsam. Missverstanden und enttäuscht. Traurig und hilflos.

Dann hatte sie auf die gepackten Koffer geblickt und sich gefragt, was sie zu Hause würden erzählen können von diesem Urlaub, der so schön begonnen hatte und von dem jetzt schon nichts mehr übrig war außer Schweigen und Ratlosigkeit.

Sie war aufgestanden und zum Fenster gegangen, hatte die Balkontür geöffnet und noch während sie hinaustrat in den warmen Wind des frühen Abends hatte ihr Entschluss festgestanden.

Langsam und wie in Trance hatte sie das Handtuch aus dem Bad genommen, war zur Tür gegangen und hatte aufgehört zu denken.

Beinahe stolperte er, als er den steinigen Weg in Richtung Strand ging. Die Sonne war schon lange untergegangen, aber der Mond warf ein diffuses Licht auf den Sand unter seinen Füßen.

Er hörte nichts außer ein paar Grillen, die ihr Lied in die Nacht sangen, und fragte sich bei jedem Schritt, was sein würde, wenn seine Intuition ihn täuschen würde.

Etwas in ihm sagte ihm, dass seine Frau dort unten am Strand sein musste. Aber mit wem? Die letzten Tage hatten ihn verunsichert. Sie hatte ihm nichts erzählt, hatte ihn ausgeschlossen aus ihrem Leben.
Und die Reaktion als er vom Strand zurückkam …

Was war passiert?
Plötzlich war ihr Urlaub vorbei, aber das schien nicht das Schlimmste zu sein.

Er hatte etwas gefunden und es gleich wieder verloren.

Und dann sah er es.

Unter den vielen Liegestühlen war nur ein einziger belegt. Er stand ganz vorne, nah am Wasser

Als sie später in ihrem Hotelzimmer auf den gepackten Koffern saßen, war es beiden unbegreiflich, wie aus so vielen Kleinigkeiten ein so großes Chaos hatte entstehen können.

Sie hatten sich angesehen, dort unten am Strand und sie war aufgestanden, froh, ihn zu sehen, und doch unsicher angesichts der surrealen Situation. Er war auf sie zugegangen, froh, sie zu sehen, und doch unsicher angesichts der surrealen Situation.

Und die Erleichterung darüber, dass die schlimmsten Befürchtungen nicht eingetroffen waren, war so groß dass sie sich schweigend umarmten und, immer noch schweigend, den Weg zum Hotel gemeinsam zurückgingen.

Sie hatte zuerst zu reden begonnen:

»Am ersten Morgen der dritten Woche war ich vor dir aufgestanden. Ich war auf den Balkon getreten und hatte in Richtung Strand geschaut. Er war menschenleer gewesen. Ein Blick auf die Uhr hatte mir gezeigt, dass es noch sehr früh war.

Ich hatte nicht lange überlegen müssen.

Schnell hatte ich meine Strandtasche mit Handtuch, Badeanzug und Buch gepackt, im Rausgehen noch zu einer Flasche Sonnenmilch und meinem Strohhut gegriffen, dabei einen Satz wie ein Mantra vor mich hin geflüstert: »Das ist meine Chance.«

Niemand war mir auf dem Weg zu den Liegestühlen begegnet. Jeder Schritt der mich näher an mein Ziel brachte, hatte mich mit Stolz und Freude erfüllt.

Ein Gefühl von Freiheit und Unabhängigkeit war in mir mit jedem Meter, den ich zurücklegte, gewachsen, die Vorfreude auf mein Ziel war so groß geworden, dass ich fast weinen musste.

Als ich am Strand angekommen war, stieg die Sonne als roter Feuerball aus dem Meer, ein Anblick der mich total überwältigt hatte. Ich war in den erstbesten Liegestuhl gesunken, direkt am Wasser, und hatte die Augen nicht abwenden können vom Zauber des Sonnenaufgangs. Das wahre Leben, hatte ich irgendwann gedacht. Das wahre Leben.

Und ich hatte dabei gelächelt.«

»Warum hast du mir das nicht erzählt?« fragte er.

»Ich hatte dir alles erzählen wollen, was für einen un-
glaublichen Vormittag ich erlebt hatte, vom Meer, der
Sonne, den Menschen und dem Stolz, der mich erfüllt
hatte, als der schönste Liegestuhl am Strand für ein paar
Stunden mir gehört hatte.

Aber du hattest geschwiegen.

Hattest mich mit einem Ausdruck von Verständnislosigkeit
und Abwehr angesehen und nichts gesagt. Dieser Moment
hatte ausgereicht, um auch mich verstummen zu lassen.«

»Das war alles?«, fragte er fassungslos.
»Das war alles«, sagte sie.

»Ich kam gegen Mittag vom Strand zurück, gelöst, entspannt, küsste dich auf die Wange, lächelte und sagte: »Das ist es, das wahre Leben.«

»Ja«, sagte er. »Ich wagte nicht zu fragen, wo du warst. aber für einen winzigen Moment glaubte ich dir nicht.

Den Nachmittag verbrachten wir gemeinsam am Hotelpool. Wir redeten wie gewohnt über das Wetter und die angenehme Wärme, die Kinder zu Hause aber wir redeten nicht über uns.

Abends verspürte ich keinen großen Appetit. Du hingegen entschiedest dich an diesem Abend nicht nur für etwas Gemüse, etwas Fleisch, keinen Fisch, Eis zum Nachtisch, sondern auch zusätzlich für Paella, Tapas und Churros. Und du hast dabei gesummt.

Als der Kellner später an unseren Tisch kam, bestelltest du nicht wie üblich zwei Gläser Sangria, sondern gleich eine ganze Kanne. Dabei wirktest du so vergnügt wie schon lange nicht mehr.

Ich habe dich gefragt:
 »Seit wann magst du Churros?«
»Oh«, sagtest du: »Möchtest du auch was?«
»Nein«, sagte ich.
Und dann dachte ich nach.
Dachte nach
und fand keine Antworten.«

»So fing es an«, sagte sie und lächelte.
»Und weil ich nicht schlafen konnte«, fügte er hinzu, »bin ich zum Strand gegangen.«

Als ich den Liegestuhl erreicht hatte, war ich mir nicht sicher gewesen, ob der Anblick des leicht gekräuselten Meeres mir wirklich gefallen würde. Ich hatte mich hingelegt, die Augen kurz geschlossen, den warmen Wind wahrgenommen, der über mein Gesicht strich und tief durchgeatmet.

Dann hatte ich die Augen wieder geöffnet. Die Morgendämmerung hatte den Horizont in ein tiefes Orange getaucht.

Ich hatte die Stille wahrgenommen und das entfernte Geschrei der Möwen, den Geruch von Salz und Tang. Das ruhig daliegende Wasser hatten mich mit tiefer Ruhe erfüllt.

So war ich eingeschlafen.

Als ich vom Lärm schreiender Kinder geweckt worden war, stand die Sonne bereits hoch am Himmel. Ich hatte mich umgesehen und festgestellt, dass alle Liegestühle um mich herum bereits besetzt gewesen waren.

Leicht verwirrt hatte ich auf die Uhr gesehen. Wie hatte ich so lange schlafen können? Ich war aufgestanden und war zu der kleinen Bar gegangen, um mir einen Cappuccino zu holen.

Dabei war ich mit dem freundlichen Barbesitzer ins Gespräch gekommen, hatte mich an die Theke gesetzt.

Nach einer geraumen Zeit war ich ein paar Runden geschwommen und hatte mich dann noch einmal hingelegt, wohlig entspannt und seltsam entrückt von allem, was ich bisher so gekannt hatte.

»Das ist es«, hatte ich gedacht. »Das wahre Leben«.

»Und dann warst du nicht da«, sagte sie. »Ich hab dich gesucht. Und du hattest meinen Stuhl gefunden. Ausgerechnet. Der Ort war mir wichtig. Ich wollte dir davon erzählen, aber du hattest ihn in Besitz genommen. Das hat mich so wütend gemacht, dass ich dich für einen Moment gehasst habe.«

Ich konnte nicht glauben, was ich sah.
Die Person, die da auf mich zukam,
die Person, die in »meinem« Stuhl gelegen hatte,
die Person, die dem Barbesitzer zugelächelt und gewinkt hatte,
warst du!

Du lächeltest, als du vor mir stehen bliebst.
Du sahst mich an
und ich merkte,
wie etwas in mir zerbrach.
Wie eine Woge aus Zorn, Enttäuschung, Wut und
Trauer mich überflutete.
Die Kälte, die in mir aufstieg, ließ mich frösteln.

Ich sah es
und du sahst es auch.

»Ja«, sagte er. Ich sah die Wut in deinen Augen, aber ich wusste nicht warum. Ich dachte eher, dass der Barbesitzer...«

»Was?«
Sie lachte und spürte, wie ihr die Tränen in die Augen stiegen.

»Es war der Liegestuhl«, sagte sie. »Ihn zu erreichen, die Sonne aufgehen zu sehen, den Wind zu spüren, das Salz zu schmecken, das Gefühl von Freiheit, die Wärme auf der Haut, das Glück des Augenblicks ... das wahre Leben.«

Sie schwieg.

»Das Geschrei der Möwen, die Stille, der Geruch von Salz und Tang, das ruhig daliegende Wasser« ... ergänzte er. »Das wahre Leben.«

Als es draußen hell wurde, gingen sie gemeinsam zum Strand.

Der Himmel begann bereits, sich orange zu verfärben. Das Wasser lag ruhig da, einzelne kleine Wellen brachen sich im flachen Sand. Weit entfernt riefen Möwen. Es roch nach Salz und Tang.

Sie hielten sich an den Händen.
Schwiegen lange.
Merkten, wie im Schweigen ihre Seelen wieder zueinander fanden.
Ihre Liebe zurückkehrte.
Ballast abfiel.
Und nur das Wichtigste blieb.